Edición original: **OQO Editora**

© del texto	Patacrúa 2006
© de las ilustraciones	Javier Solchaga 2006
© de la traducción del gallego	Patacrúa 2006
© de esta edición	OQO Editora 2006

Alemaña 72	36162 PONTEVEDRA
Tfno. 986 109 270	Fax 986 109 356
OQO@OQO.es	www.OQO.es

Diseño	Oqomania
Impresión	Tilgráfica

Primera edición	mayo 2006
ISBN	84-96573-45-1
DL	PO 242-2006

Patacrúa, a partir de un cuento tradicional europeo

LA PRINCESA DE TRUJILLO

Ilustraciones de Javier Solchaga

OQO EDITORA

Esta es **LA PRINCESA DE TRUJILLO**.

¿Y esto qué es?

Este es el **ANILLO**
de la Princesa de Trujillo.

¿Y esto qué es?

Este es el **PAÑUELO**
que envolvía el anillo
de la Princesa de Trujillo.

¿Y esto qué es?

Esta es la **URRACA**
que robó el pañuelo
que envolvía el anillo
de la Princesa de Trujillo.

¿Y esto qué es?

Este es el **GATO**
que pilló a la urraca
que robó el pañuelo
que envolvía el anillo
de la Princesa de Trujillo.

¿Y esto qué es?

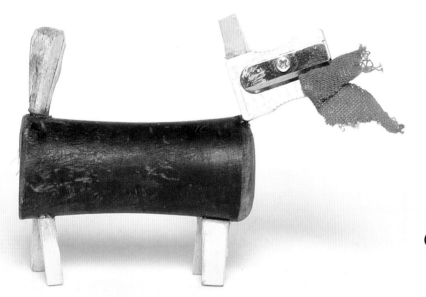

Este es el **PERRO**
que mordió al gato
que pilló a la urraca
que robó el pañuelo
que envolvía el anillo
de la Princesa de Trujillo.

¿Y esto qué es?

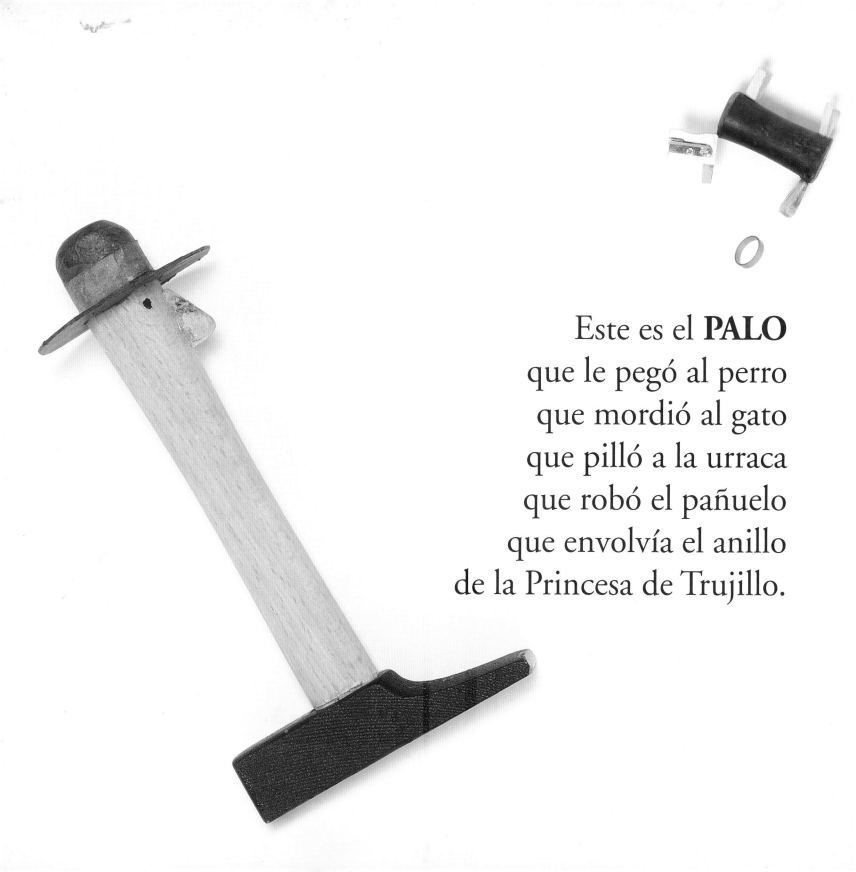

Este es el **PALO**
que le pegó al perro
que mordió al gato
que pilló a la urraca
que robó el pañuelo
que envolvía el anillo
de la Princesa de Trujillo.

¿Y esto qué es?

Este es el **FUEGO**
que quemó el palo
que le pegó al perro
que mordió al gato
que pilló a la urraca
que robó el pañuelo
que envolvía el anillo
de la Princesa de Trujillo.

¿Y esto qué es?

Esta es el **AGUA**
que apagó el fuego
que quemó el palo
que le pegó al perro
que mordió al gato
que pilló a la urraca
que robó el pañuelo
que envolvía el anillo
de la Princesa de Trujillo.

¿Y esto qué es?

Esta es la **CABRA**
que se bebió el agua
que apagó el fuego
que quemó el palo
que le pegó al perro
que mordió al gato
que pilló a la urraca
que robó el pañuelo
que envolvía el anillo
de la Princesa de Trujillo.

¿Y esto qué es?

Este es el **CABRITO**
que parió la cabra
que se bebió el agua
que apagó el fuego
que quemó el palo
que le pegó al perro
que mordió al gato
que pilló a la urraca
que robó el pañuelo
que envolvía el anillo
de la Princesa de Trujillo.

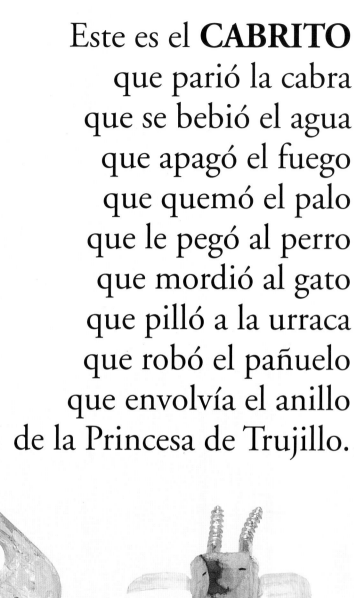

Este es el **PASTOR**
que encontró el anillo…

¡Y se ganó un beso
de la Princesa de Trujillo!